AF406887

اچھی کہانیاں

(بچوں کی کہانیاں)

مرتب:

ولی شاہجہاں پوری

ISBN 978-93-5872-090-7

© تعمیر پبلی کیشنز

کتاب	:	اچھی کہانیاں
مرتب	:	ولی شاہجہاں پوری
صنف	:	ادب اطفال
ناشر	:	تعمیر پبلی کیشنز (حیدرآباد، انڈیا)
زیرِ اہتمام	:	تعمیر ویب ڈیولپمنٹ، حیدرآباد
سالِ اشاعت	:	۲۰۲۳ء
تعداد	:	(پرنٹ آن ڈیمانڈ)
طابع	:	تعمیر پبلی کیشنز، حیدرآباد – ۲۴
صفحات	:	۲۶
سرورق ڈیزائن	:	تعمیر ویب ڈیزائن

فہرست

ایک سچی کہانی

ہمدرد کا مطلب ہے دوسروں کا درد بانٹنے والا۔

دور دراز دیہاتوں میں، قصبوں میں، شہروں میں کہیں نہ کہیں آپ کو کسی نہ کسی دکان پر ایک بورڈ دکھائی دے گا۔ اس پر لکھا ہوگا ۔۔۔۔۔ ہمدرد!

یہ نام ایک ادارے کا ہے۔ یہ نام دوائیں بنانے والے ایک کارخانے کا ہے۔ یہ دوائیں جگہ جگہ ملتی ہیں، سیکڑوں بیماریاں ہیں اور سیکڑوں دوائیں۔

دوائیں بنانے والے کارخانے تو بہت ہیں، ہم ان کی بنائی ہوئی دوائیں استعمال کرتے ہیں اور ان کارخانوں کا کبھی ذکر بھی نہیں کرتے۔ ہمدرد کی دوائیں بھی استعمال کرتے ہیں۔ لیکن ہمدرد کا ذکر کبھی دوسروں سے سنتے ہیں، کبھی خود کرتے ہیں۔

ہندستان اور پاکستان میں آج ہمدرد کے دو اور نام ہیں ۔۔۔۔۔ حکیم عبدالحمید اور حکیم محمد سعید!

حکیم عبدالحمید صاحب اور حکیم محمد سعید صاحب آپس میں سگے بھائی ہیں۔

کچھ دنوں پہلے ہندستان کے سب سے بڑے، سب سے زیادہ چھپنے والے انگریزی

ہفتہ وار السٹریٹڈ ویکلی آف انڈیا میں پچاس ہندستانیوں کی تصویریں شائع ہوئی تھیں۔ یہ پچاس ہندستانی کروڑوں کی آبادی والے اس ملک میں سب سے اہم سمجھے گئے۔ ان پچاس افراد نے اس ملک میں جو کارنامے انجام دیے ہیں ان کا اعتراف سب کرتے ہیں۔ حکیم عبدالحمید صاحب کا نام بھی "پچاس ممتاز ہندستانیوں" کی فہرست میں شامل تھا۔

اسی طرح حکیم محمد سعید صاحب پاکستان میں ممتاز ہیں۔ دونوں بھائیوں کا شمار دونوں ملکوں کے سب سے بڑے طلاحی کام کرنے والوں میں ہوتا ہے۔ دونوں کے دم سے آج کی دنیا میں طب یونانی کا نام روشن ہے۔ کئی علمی، تہذیبی، ادبی، سماجی ادارے بھی ان دونوں بھائیوں کی سرپرستی میں چل رہے ہیں۔

حکیم محمد سعید صاحب پاکستان میں ہمدرد فاؤنڈیشن کے سربراہ ہیں۔ دن رات مصروف رہتے ہیں۔ دیس دیس کا سفر کرتے رہتے ہیں۔ ہمدرد جیسے بڑے ادارے کی سربراہی بھی بہت بڑا کام ہے۔ لیکن اسی کے ساتھ ساتھ وہ بچوں کے لیے نونہال نکالتے ہیں۔ بچوں کے لیے کتابیں، کہانیاں، نظمیں، گیت ان کے ادارے سے شائع ہوتی ہیں۔

پوری اُردو دنیا میں یہ کتابیں شوق سے پڑھی جاتی ہیں۔ یہ کتاب بھی، جو آپ پڑھ رہے ہیں، پہلے حکیم محمد سعید صاحب کے ادارے سے شائع ہوئی تھی۔

ہمیں یقین ہے کہ اس کتاب میں شامل ہر کہانی آپ کو پسند آئے گی ۔۔۔۔۔۔
یہ چھوٹی سی سچی کہانی بھی جو ہم آپ کو سنانے جا رہے ہیں۔

بہت دن ہوئے ۔۔۔۔۔ 1906ء کی بات ہے، جب ہمدرد کا ادارہ وجود

میں آیا۔ کروڑوں کی مالیت کا یہ کارخانہ دس س روپے کی معمولی رقم سے شروع ہوا تھا ۔۔۔۔۔۔

صرف دس س روپے ۔۔۔۔۔۔ حکیم محمد سعید صاحب او رحکیم عبدالحمید صاحب کے ننانے دو سو روپے کی رقم بہ طور قرض دے دی تھی ۔ یہ رقم بھی کارخانے میں لگا دی گئی ۔

1947ء میں ہمارے ملک کو انگریزی راج سے آزادی ملی ۔ آزادی کے ساتھ ہی ایک ملک کے دو ملک بن گئے ۔۔۔۔۔۔ ہندستان اور پاکستان ۔

بڑے بھائی حکیم عبدالحمید صاحب ہندستان ہی میں رہے۔ حکیم محمد سعید صاحب پاکستان چلے گئے۔

بچپن اور لڑکپن کا زمانہ حکیم محمد سعید صاحب کے لیے کھلنڈارے بن کا زمانہ تھا ۔ ایک روز بڑے بھائی نے پوچھا ۔۔۔۔۔۔

میاں سعید! اب کھیل کود کب تک جاری رہے گا ؟ آپ کیا کرنا چاہتے ہیں؟

محمد سعید صاحب نے دو دن سوچ بچار میں گزارے ۔ پھر بڑے بھائی کو جواب دیا ۔۔۔۔۔۔

"طب کی تعلیم مکمل کرنی ہے !"

اس روز سے کھیل کود بند۔ ساری توجہ طب کی تعلیم پر۔ اس سے پہلے صحافی بننے کا ارادہ تھا ۔ یہ ارادہ بھی ترک کر دیا ۔

پاکستان بننے کے بعد حکیم محمد سعید صاحب کراچی پہنچے۔ پچاس روپے ماہانہ پر ایک کرائے کا کمرہ مل گیا۔ ساڑھے بارہ روپے ماہانہ کرائے پر کچھ فرنیچر لے لیا گیا ۔۔۔۔۔۔

یہ پاکستان میں ہمدرد کا آغاز تھا۔

پاکستان میں شربت روح افزا کی بوتلیں پہلی بار جب تیار ہوئیں تو ان کی تعداد صرف بیالیس تھی۔ یہ واقعہ مارچ ۱۹۴۸ء کا ہے۔ اب ہر روز ایک لاکھ بوتلیں تیار کی جاتی ہیں۔ یہ واقعہ پہلے والے کے صرف تیس پینتیس برس بعد کا ہے —

ایک اخباری نامہ نگار سے بات چیت میں حکیم محمد سعید صاحب نے ہمدرد کی پوری تاریخ بیان کی۔ یہ تاریخ ایک سچی کہانی ہے' ایک ایسا سچ جو کہانی سے زیادہ حیران کرتا ہے۔

ذرا سوچیے' کروڑوں کی مالیت کا ادارہ' مگر اس ادارے کی سربراہی کے باوجود نہ کامیابی کا نشہ' نہ اپنی محنت کا غرور۔۔ بڑوں سے توقیر حکیم محمد سعید صاحب آئے دن ملتے ہی رہتے ہیں لیکن بچے اگر ان سے ملنا چاہیں تو پھر خوب مزے مزے کی باتیں کرتے ہیں۔ بچوں کے لیے ان کے ادارے سے جو رسالہ یا کتاب چھپتی ہیں وہ تجارتی لحاظ سے گھاٹے کا سودا ہے۔

کوئی کاروباری آدمی ہوتا تو یہ سلسلہ بند کردیتا۔ حکیم محمد سعید صاحب نقصان اٹھائے جاتے ہیں اور خوش ہیں — شاید اس لیے کہ ان کے اس نقصان سے اردو پڑھنے والے کتنے بچوں کو فائدہ پہنچ رہا ہے۔ مسعود احمد برکاتی صاحب کی ادارت میں نونہال بڑی پابندی سے شائع ہو رہا ہے۔

آپ نے دیکھا ہوگا — کوئی مزدور محنت کرکے کارخانہ دار بن جائے تو پھر خود مزدوری نہیں کرتا۔ اس کی حیثیت بدل جاتی ہے۔ لیکن حکیم محمد سعید صاحب نے طب کی ترقی کے لیے جو قدم اٹھایا تو پھر پیچھے مڑکر نہیں دیکھا۔ اب تک مطب کرتے

ہیں۔ مریضوں سے کوئی فیس نہ تو پہلے لی نہ اب لیتے ہیں۔

حکومتِ پاکستان نے حکیم محمد سعید صاحب کو وزیر بھی بنایا۔ چند برس انھوں نے وزارت کا عہدہ سنبھالا' پھر چپ چاپ الگ ہوگئے۔ اصل میں کسی انسان کے ذہن میں اس کا نصب العین صاف ہو تو پھر اُسی کا ہوکر رہ جاتا ہے جیکم صاحب بھی کسی قیمت پر طب کی خدمت اور ترقی کے کام سے الگ نہیں رہنا چاہتے۔

ہر کامیاب زندگی ہمارے لیے ایک مثال ہوتی ہے جیکم عبدالحمید صاحب' حکیم محمد سعید صاحب اور ہمدرد فاؤنڈیشن بھی ایک بہت بڑی کامیابی کی مثال ہیں۔ سچ پوچھیے تو اپنی جگہ پر بے مثال بھی ہیں —

ولی شاہجہاں پوری

بکری دو گاؤں کھا گئی

ایک دن شاہ جہاں بادشاہ شکار کے لیے نکلے تو ایک زخمی ہرن کا پیچھا کرتے ہوئے اپنے ساتھیوں سے بچھڑ گئے۔ ہرن بھی ہاتھ نہ آیا اس وقت دوپہر ہو گئی تھی۔ ساتھیوں کا دور دور کوئی نشان نہیں تھا۔ بادشاہ کو سخت پیاس لگی تھی اتنے میں ان کی نظر بڑھ کے ایک درخت پر پڑی جس کی ٹھنڈی چھاؤں کے نیچے ایک گڈریا اپنی بھیڑ بکریوں کے ساتھ بیٹھا تھا۔ بادشاہ نے جو اس وقت شکار کے کپڑوں میں تھے، گڈریے سے پانی مانگا تو اس نے بتایا کہ ساتھ لایا ہوا پانی ختم ہو گیا ہے۔ اس نے فوراً ایک بکری کے ردُھ سے برتن دھو کر دوسری بکری کا دودھ بادشاہ کو پینے کے لیے دیا۔

شاہ جہاں کو گڈریے کی یہ بات بہت پسند آئی اور اس نے اس سے کاغذ مانگا جنگل میں بھلا اس گڈریے کے پاس کاغذ کہاں! بادشاہ نے بڑ کا ایک پتا توڑ کر اس پر خنجر کی نوک سے کچھ لکھا اور گڈریے کو دیتے ہوئے بولا، ''یہ لو اپنا انعام۔ ہم نے تمہیں دو گاؤں جاگیر میں دیے ہیں۔ جمعہ کو یہ پتا لے کر جامع مسجد دہلی آ کر ہم سے مل لینا''۔

گڈریا خوش ہو کر گھر لوٹ چلا۔ اپنی کمبل زمین پر رکھ دی اس پتا رکھ دیا اور بکریاں بند کرنے لگا۔ ایک بکری جو ادھر سے آئی تو اس نے پتا منہ میں اٹھا لیا اور گڈریے کے پہنچنے سے پہلے چٹ کر گئی۔ اس کا اسے بڑا دکھ ہوا اور وہ یہ کہتا ہوا جنگل میں چلا گیا کہ ''بکری دو گاؤں کھا گئی''۔ اس نے کھانا پینا سب چھوڑ دیا۔ بس ہر وقت یہی رٹ لگاتا کہ میری دو گاؤں کی بکری دو گاؤں کھا گئی!

آخر جمعہ کا دن آ پہنچا۔ گڈریا اپنے گاؤں سے نکل کر دہلی کی طرف چل پڑا۔ چلتے چلتے دوپہر ہو گئی۔ ''بکری دو گاؤں کھا گئی'' کی رٹ لگاتے ہوئے وہ جامع مسجد میں داخل ہوا تو اس نے دیکھا کہ تمام نمازی ہاتھ اٹھائے دعا مانگ رہے ہیں۔ اس نے بادشاہ کو بھی دعا مانگتے دیکھا تو ایک دم چیخ پڑا، ''داتا! چھپڑ پھاڑ کر دے گا تو لوں گا'' اور یہی کہتے ہوئے واپس بھاگ نکلا۔ بادشاہ نے نماز کے بعد اسے بہت تلاش کرا دیا۔ مگر وہ نہ ملا۔

جنگل میں پہنچتے پہنچتے گڈریے کو شام ہو گئی۔ وہ وہیں ایک بڑے پرانے درخت پر چڑھ

کر بیٹھ گیا۔ رات کو کچھ ڈاکو وہاں آئے اور گاؤں میں ڈاکہ ڈالنے کی باتیں کرنے لگے گڈریے نے انہیں ٹوکا اور بولا، "چوری کرنا بُری بات ہے پھر وہ گاؤں تو غریب ہے۔ تمہیں پیسہ ہی چاہیے تو اس درخت کے نیچے کھود دو۔ میں نے اپنے بڑوں سے سنا ہے کہ یہاں پرانا خزانہ دفن ہے۔ یہ کہہ کر وہ گاؤں کی طرف، داتا! چمتری پہار دے گا تو لوں گا کی رٹ لگاتا ہوا چلا گیا۔

ڈاکوؤں نے بڑی بحث کے بعد زمین کھودی تو وہاں سے پانچ چھ دو دو برتن نکلے جن میں سانپ اور بچھو بھرے ہوئے تھے۔ ڈاکوؤں کو یہ دیکھ کر بڑا غصہ آیا اور وہ برتن اٹھا کر گاؤں کی طرف چل پڑے۔ ایک جھونپڑے سے گڈریے کی آواز آ رہی تھی۔ انہوں نے وہ دونوں برتن اس کے آنگن میں اُلٹ دیئے تاکہ سانپ بچھو اسے ڈس لیں، لیکن ان میں سے اشرفیاں گرنے لگیں۔ سارا گاؤں اس آواز سے جاگ گیا اور ڈاکو سر پر پاؤں رکھ کر بھاگ گئے۔

گڈریے نے دولت دیکھ کر نعرہ لگایا۔ داتا! تو سچا ہے۔ تو نے مجھے چمتری پہار کر دیا۔ اگلی صبح بادشاہ کے ملازم بھی گاؤں پہنچ گئے اور اسے دربار میں لے گئے۔ گڈریے نے بادشاہ کو پورا واقعہ سنانے کے بعد انعام لینے سے یہ کہہ کر انکار کر دیا کہ جب آپ بھی ہاتھ پھیلا کر اسی سے مانگتے ہیں، جو سب کا داتا ہے تو پھر میں بھی کیوں نہ اسی سے مانگوں۔ آپ خود دیکھ لیا کہ اس نے مجھے میرا انعام بھی دے دیا ہے۔ بادشاہ نے عزت کے ساتھ گڈریے کے ساتھ اس کو اس کے گاؤں بھیج دیا۔

پانچ بیل

دریائے گوداوری کے کنارے ایک بہت بڑا جنگل تھا۔ اس جنگل میں قسم قسم کے درخت، بیلیں اور بے شمار پودے اور جھاڑیاں تھیں۔ جنگل میں ہر قسم کے جانور بھی رہتے تھے۔ ان میں چرندے بھی تھے اور درندے بھی۔ اڑنے والے یعنی پرندے بھی تھے اور رینگنے والے بھی۔ چرندوں میں نیل گائے، جنگلی بھینسے، سانبھر، ہرن، چیتل، چکارے، جنگلی بکریاں وغیرہ شامل تھے۔ ان کے علاوہ یہاں پانچ بیل بھی رہتے تھے۔ پانچوں کے رنگ الگ الگ تھے، لیکن پانچوں آپس میں بھائی بھائی۔ یہ سب مل جل کر رہتے تھے۔ یہ ان کے لیے ضروری بھی تھا، کیوں کہ جنگل کے تمام درندوں کی ان پر نظر تھی۔ یہ جب بھی ان پر حملے کی نیت کرتے پانچوں ڈٹ کر مقابلہ کرتے اور اپنے تیز نکیلے سینگوں سے انہیں مار بھگاتے۔

جنگل میں قسم قسم کے پودے، پتے اور گھاس کھانے سے ان پانچوں بیلوں کی صحت خوب اچھی تھی۔ سب ان کی چمک دار کھال، نوکیلے سینگوں اور خوب صورت جسم کو دیکھ کر ان کی تعریف کرتے۔ ان کی طاقت اور قوت کو بھی سب مانتے تھے۔ ان کے دشمنوں کی جب بھی ان پر نظر پڑتی تو ان کے منہ میں پانی بھر آتا۔

آخر ایک دن ان سب نے ایک میٹنگ کی اور ان بیلوں کو چٹ کرنے کی تجویزیں سوچنے لگے۔ سب نے یہ بات مان لی کہ جب تک ان میں اتحاد ہے، انہیں شکار نہیں کیا جا سکتا۔ اس میٹنگ میں لومڑی بھی شریک تھی۔ آپ جانتے ہی ہیں کہ لومڑی اور گیدڑ شیر کے جھوٹے شکار پر گزر کرتے ہیں۔ لومڑی بھی ان بیلوں کا گوشت کھانا چاہتی تھی۔ اس نے شیر کی اجازت سے ان بیلوں میں پھوٹ ڈالنے کی ٹھانی۔

اگلی صبح وہ دھیمی دھیمی چال سے پانچوں بھائیوں کے قریب پہنچی۔ ان میں سے چار اس وقت چر رہے تھے اور ایک اونچی جگہ کھڑا پہرہ دے رہا تھا۔ لومڑی کو آتا نہ دیکھ کر وہ اس کی طرف مڑا۔ اسے دیکھ کر لومڑی زمین پر لوٹنے لگی اور بولی، "اے جنگل کے بہادر! میں تمہاری دوست ہوں۔ مجھے

غلط نہ سمجھو۔ میں اس سے پہلے کبھی تمہارے پاس نہیں آئی ۔ اب تمہارے بھلے کی بات تمہیں بتانے آئی ہوں "۔ اس پر وہ بیل نرم پڑ گیا اور لومڑی کے پاس آگیا۔ لومڑی نے اسے بتایا کہ کل پانی پیتے ہوئے سفید بیل لال بیل سے تمہاری ، سیاہ اور بھورے بیل کی شکایت کر رہا تھا کہ تم ان کے حصے کی گھاس کھا جاتے ہو۔ غرض لومڑی نے اپنی طرف سے خوب جھوٹی سچی باتیں کیں۔ نادان بیل اس کی باتوں میں آگیا اور رات چاروں سے لڑ کر دوسری وادی میں سونے چلا گیا۔

اگلے روز اس نے اسی قسم کی بات دوسرے بیل سے کی اور وہ بھی لڑنے لگا۔ آخر ان میں سے ایک نے کہا کہ الگ ہونے سے پہلے ہمیں یہ دیکھنا چاہیے کہ ہمارا ایک جو الگ ہوگیا تھا، کس حال میں ہے۔ اگر وہ خوش ہے تو ہم بھی الگ ہو جائیں گے۔ وہ چاروں اس کی تلاش میں نکلے تو انہیں اس کی کٹی پٹی کھال اور نچی ہوئی ہڈیاں ملیں جنہیں لومڑی چبا رہی تھی۔

چاروں نے لومڑی کی چال سمجھ لی اور اس سے پہلے کہ وہ بھاگتی اسے گھیر کر مار دیا۔ اپنے بھائی کی یاد میں خوب روئے اور آئندہ مل جل کر رہنے کا پکا وعدہ کیا۔ اس کے بعد کوئی انہیں الگ نہ کر سکا۔ سب کی نظر میں ان کی بڑی عزت تھی اور سب ان سے ڈرتے تھے۔

ہوشیار انجینئر

شاہ جہاں بادشاہ کو خوب صورت اور شان دار عمارتیں بنوانے کا بڑا شوق تھا۔ شہر کی شاہ جہانی مسجد دہلی کا لال قلعہ اور سب سے بڑھ کر دنیا کی خوب صورت عمارت تاج محل اس کے اس ذوق کا شان دار نمونہ ہیں۔

شاہ جہاں نے جب اپنی بیوی ممتاز محل کی قبر پر تاج محل کی تعمیر کا فیصلہ کیا تو انجینئروں نے کئی نقشے تیار کیے۔ کہتے ہیں کہ خود بادشاہ نے خواب میں ایک مقبرہ دیکھا تھا جو اسے بہت پسند آیا تھا۔ اتفاق سے ایک انجینئر کا نقشہ ٹھیک اس کے مطابق نکلا۔ یہی جب بن گیا تو تاج محل کہلایا۔

انجینئر نے دبے الفاظ میں بادشاہ کو یہ بتانے کی کوشش کی کہ اس عمارت کی تعمیر پر بہت رُپے خرچ ہوں گے اور وقت لگے گا۔ اسے ڈر تھا کہ کہیں بادشاہ اکتا کر اور خرچ سے گھبرا کر عمارت ادھوری نہ چھڑوا دے۔ مگر جب بادشاہ نے تعمیر شروع کرنے کا حکم دیا تو انجینئر نے کئی لاکھ رُپے پیشگی طلب کیے۔ اس زمانے میں نوٹ نہیں ہوتے تھے۔ ہزار ہزار رُپے کی موتی موتی تھیلیاں ہوتی تھیں۔ بادشاہ نے انجینئر کو خزانے سے یہ تھیلیاں دلوا دیں۔

اگلے روز انجینئر نے وہ تھیلیاں ایک کشتی میں لدوائیں اور دریائے جمنا میں اس جگہ جہاں آج تاج محل کھڑا ہے، پہنچ کر بہت سی تھیلیاں پانی میں پھنکوا دیں۔ اگلی صبح بھی اس نے یہی کیا۔

یہ بات بادشاہ تک پہنچ گئی جسے سن کر وہ سخت ناراض ہوا اور اس نے انجینئر کو طلب کر لیا۔ بادشاہ سخت غصے میں تھا۔ اس نے انجینئر سے آتے ہی پوچھا،

"تم نے رُپوں کی وہ تھیلیاں پانی میں کیوں پھنکوائیں؟"

انجینئر نے بڑے اطمینان سے جواب دیا،

"حضور! برا نہ مانیں۔ تاج محل جیسی عمارت کی تعمیر کے لیے آپ کو رُپیہ اسی طرح خرچ کرنا ہوگا اور بڑی ہمت سے کام لینا ہوگا۔ میں تو صرف آپ کو یہ احساس دلانا چاہتا تھا۔ آپ کا

تم یہ محفوظ ہے ۔ ان تھیلیوں میں پتھر بھرے تھے، نکلوا کر دیکھ لیجیے؟

انجینئر کی یہ بات سن کر بادشاہ سخت شرمندہ ہوا اور اس نے اس سے وعدہ کیا کہ وہ آئندہ کبھی اس کے کام میں رکاوٹ نہیں ڈالے گا۔ آخر کار انجینئر کی محنت اور بادشاہ کے حوصلے سے دنیا کی یہ شان دار اور حسین عمارت مکمل ہو گئی ۔ سچ ہے بڑے کام کے لیے بڑے حوصلے اور ہمت کی ضرورت ہوتی ہے۔

دیانت دار گھوڑا

دریائے کرشنا کے کنارے ایک چھوٹی سی ریاست تھی۔ اس کا راجا اپنی رعایا کا بہت خیال رکھتا تھا۔ راجا کو گھوڑے پالنے کا بڑا شوق تھا۔ وہ اچھی قسم کے گھوڑے بڑی بڑی رقم دے کر خریدتا تھا اور پھر انہیں اپنے اصطبل میں بڑے چاؤ سے رکھتا۔

ایک دن کچھ لوگ اس کے پاس ایک سفید رنگ کا نہایت خوب صورت اور صحت مند گھوڑا لے کر آئے۔ راجا کو وہ گھوڑا بہت پسند آیا۔ اس نے اس کے دام پوچھے تو انھوں نے اس کی قیمت ایک لاکھ روپے بتائی۔ راجا نے فوراً یہ رقم ادا کرنے کا حکم دیا۔ پرانے زمانے میں ایک لاکھ روپے بہت بڑی رقم ہوتی تھی۔ گھوڑے کو اصطبل میں باندھ دیا گیا اور اس کے سامنے تازہ قسم کی تازہ گھاس اور چارہ ڈال دیا گیا، لیکن گھوڑے نے کسی کو منہ نہ لگایا۔ اسی طرح ۲۔۳ دن گزر گئے۔ راجا کو بھی فکر ہو گئی وہ صبح و شام اسے دیکھنے آتا تھا۔ سلوتری یعنی جانوروں کے ڈاکٹر نے بھی سارے جتن کر ڈالے مگر گھوڑے نے تنکا بھی منہ میں نہیں پکڑا۔

اس اصطبل میں ایک کوا بھی صبح و شام پابندی سے آکر اپنا پیٹ بھر جاتا تھا۔ ایک دن اس نے اس گھوڑے سے گھاس دانہ نہ کھانے کی وجہ پوچھی تو گھوڑے نے بتایا کہ اسے دریا پار کے جنگل سے پکڑ کر لایا گیا ہے۔ جنگل میں اس کے اندھے ماں باپ رہتے ہیں۔ وہی ان کا سہارا تھا۔ ان کی فکر اور دریا نہ پونے اس کی بھوک اڑا دی ہے۔ کوے کو یہ سن کر بڑا دکھ ہوا اور وہ اس کی مدد کا وعدہ کرکے اڑ گیا۔

کوا جس درخت پر بیٹھتا تھا اس پر ایک بندر بھی ڈیرہ جمائے بیٹھا کرتا تھا۔ بندر سے کوے نے سارا قصہ بیان کیا تو اس نے اچھی صبح اس کے ساتھ چل کر گھوڑے کی رسیاں کھولنے کا وعدہ کیا۔ اگلی صبح دونوں اصطبل پہنچ گئے۔ بندر نے گھوڑے سے ہمدردی کرتے ہوئے کہا کہ وہ رات آکر اس کی رسیاں اور دروازے کھول دے گا کہ اس طرح اسے بھاگ نکلنے کا موقع مل جائے گا۔ گھوڑے نے کہا کہ وہ اس طرح نہیں بھاگے گا، کیوں کہ راجا کے دام ادا کیے ہیں۔ جب تک ایک

لاکھ رُوپے کا بندوبست نہ ہو وہ یہاں سے ہلے گا بھی نہیں۔ وہ راجا کو دھوکا نہیں دے گا۔ گھوڑے کی یہ بات سن کر بندر حیران رہ گیا اور اس کے دل میں گھوڑے کی عزت کا جذبہ پیدا ہوا۔ اس نے گھوڑے سے وعدہ کر لیا کہ وہ ایک لاکھ رُوپے لے آئے گا۔ یہ کہہ کر بندر فوراً غائب ہوگیا۔

بندر وہاں سے نکل کر راجا کے محل پہنچا اور ایک چھت پر بیٹھ گیا۔ اتنے میں رانی اپنے کمرے سے نکلی وہ نہلانے جا رہی تھی۔ اس نے اپنا سب سے قیمتی اور خوب صورت ہار نکال کر ایک میز کی دراز میں رکھ دیا اور حمام میں چلی گئی۔ بندر نے کچھ سوچ کر وہ ہار چپکے سے اٹھایا اور اپنے گلے میں پہن لیا اور پھر چھت پر آ بیٹھا۔ رانی نہا کر نکلی اور ہار کو غائب پا کر سخت پریشان ہوگئی۔ سارا محل چھان مارا گیا، لیکن ہار نہ ملا۔ رانی کو وہ ہار بہت پسند تھا۔ اس نے رونا دھونا شروع کر دیا۔ بات راجا تک پہنچ گئی۔ اس نے رانی کو سمجھانے کی کوشش کی، لیکن وہ نہ مانی۔ آخر راجا نے اعلان کروا دیا کہ جو ہار لا دے گا اسے ایک لاکھ رُوپے انعام دیا جائے گا۔ بندر نے جب یہ اعلان سنا تو کود کر صحن میں آ گیا۔ ہار اس کے گلے میں تھا۔ راجا کے سپاہیوں نے اسے تیرسے مارنا چاہا تو وہ بھاگ نکلا۔ راجا بھی یہ تماشا دیکھ رہا تھا۔ اس نے سپاہیوں کو منع کرتے ہوئے ایک لاکھ رُوپے کی تھیلی منگوائی اور چھت پر رکھوا دی۔ بندر چپ کر کے یہ سب کچھ دیکھ اور سن رہا تھا۔ وہ تھیلی کے قریب پہنچا، تھیلی اٹھائی اور ہار کو وہاں رکھ کر غائب ہوگیا۔

اگلی صبح گھوڑا اصطبل سے غائب تھا۔ اس کی جگہ ایک لاکھ رُوپے کی تھیلی رکھی ہوئی تھی۔ گھوڑے کے ساتھ بندر اور کتا بھی ہو لیا۔ تینوں نے مل جل کر رہنے کا فیصلہ کر لیا تھا۔ تینوں دوست گھوڑے کے گھر پہنچے۔ گھوڑے کے ماں باپ کا برا حال تھا۔ پھر سب ان کی خدمت میں لگ گئے اور ہنسی خوشی مل جل کر رہنے لگے۔

چرواہے کا احسان

انگریز جب ہندوستان آئے تو اپنے ساتھ مشینیں بھی لائے۔ اس وقت تک یورپ میں دیل اور دوسری مشینیں ایجاد ہوگئی تھیں۔ انگریزوں نے ہندوستان میں ریلوں کی تعمیر کا کام شروع کیا۔ برصغیر پاک و ہند میں ریل کی پہلی لائن بمبئی سے تھانے تک پہنچائی گئی۔ اس کے بعد مختلف حصوں میں پٹریاں بچھائی جانے لگیں۔ پہاڑی علاقوں میں پٹریوں کا بچھانا ایک بے حد مشکل کام تھا۔ انجینئروں نے پہاڑوں میں سرنگیں کھود کر لائنوں کو گزارا۔ ہمارے ہاں کوئٹہ لائن اس کی ایک شان دار مثال ہے۔

پونا اور بمبئی کے درمیان بھی بڑے بڑے بلند پہاڑ ہیں۔ انگریز انجینئر ملک کے اور حصوں کو بمبئی سے ملانے کے لیے ان پہاڑوں میں سے لائن گزارنا چاہتے تھے۔ انھوں نے ان پہاڑوں میں لائن کے لیے راستہ تلاش کرنے کا کام شروع کیا۔ کئی جگہ سرنگیں کھودنے کا فیصلہ ہوا۔ ان پہاڑوں میں آخر ایک جگہ ایسی بھی آئی کہ انجینئروں کی سمجھ میں نہیں آتا تھا کہ لائن کو کس طرح آگے بڑھائیں۔

ریلوے کا بڑا انجینئر پہاڑی کے دامن میں بیٹھا ہی سوچ رہا تھا کہ اتنے میں ایک چرواہا اِدھر اپنی بکریاں لے کر آگیا۔ اسے دیکھ کر انجینئر کو بڑی حیرت ہوئی۔ انجینئر نے چرواہے سے اِدھر اُدھر کی باتیں کیں اور پھر اسے اپنی مشکل بتائی۔

چرواہے نے سنا تو انجینئر سے کہا کہ وہ پریشان نہ ہو اور پھر اس نے ایک اونچی جگہ کھڑے ہو کر انجینئر کو لائن بچھانے کا راستہ سمجھایا۔

انجینئر اس کے مشورے سے بہت خوش ہوا۔ اس کی ہفتوں کی پریشانی دور ہوگئی۔ بھی پی آخر کار یہ لائن اسی چرواہے کے مشورے کے مطابق بمبئی تک پہنچ گئی۔ انجینئر نے ریلوے کے بڑے افسروں سے کہا کہ آئندہ ٹرینیں جب بھی اس مقام سے گزریں، تھوڑی دیر رک کر چرواہے کی یاد میں سیٹی بجائیں۔ اس کی یہ بات مان لی گئی۔

اس لائن پر سے گزرنے والی پہلی ٹرین سے لے کر آج تک سبھی ہوتا ہے۔ بجلی کی تیز رفتار

ٹرینیں یہاں ایک سیکنڈ کے لیے رک کر سیٹی بجاتی ہیں اور اگلی منزل کی طرف چل پڑتی ہیں۔ یہ سیٹی گویا اس چیز کا ہے کہ احسان کی یاد میں بجائی جاتی ہے۔

اس سے یہ بھی ثابت ہوا کہ مشورہ مفید ہوتا ہے۔ بعض اوقات معمولی آدمی بھی کام کی بات کر جاتا ہے اور احسان کا بدلہ احسان ہی ہوتا ہے۔

عقل مند بڑھیا

بہرام کے ابو تھانیدار تھے۔ ایک دفعہ ان کا تبادلہ شہر سے دور ایک پہاڑی گاؤں میں ہوگیا۔ بہرام بھی اپنے ابو کے ساتھ اس گاؤں میں رہنے لگا۔ ان کا گھر گاؤں سے ہٹ کر تھا۔ اطراف میں پہاڑیاں اور جنگل تھے۔ جن میں ریچھ بہت تھے۔ گاؤں والے ان سے تنگ رہتے تھے، کیوں کہ وہ ان کے کھیت اور باغ اجاڑ دیتے تھے۔ گاؤں میں اونچے اونچے درخت بھی تھے، جن میں شہد کے چھتے لگے تھے۔

ان چھتوں کو ریچھوں سے بچانے کے لیے گاؤں والوں نے درخت میں رسیاں باندھ دی تھیں جن میں موٹی موٹی لکڑیاں بندھی تھیں۔ ہوا چلتی تو یہ لکڑیاں جھولنے لگتیں۔ اس طرح ریچھ درختوں سے دور رہتے۔

ایک دن ایک ریچھنی اپنے ننھے منے بچے کے ساتھ گاؤں میں گھسی۔ وہ بہرام کے گھر کے قریب کے درخت پر چڑھنا چاہتی تھی کہ اتنے میں اس کا بچہ رسی میں بندھے لکڑی کے ٹکڑے سے کھیلنے لگا۔ لکڑی کچھ اس طرح جھولی کہ بچے کے سر پر زور دے سے آلگی۔ ریچھ کا بچہ صدمے سے بے ہوش ہوگیا۔ ماں رات بھر اسے جگانے کی کوشش کرتی رہی، لیکن جب صبح چل پہل ہونے لگی اور بچہ سنبھل نہ سکا تو جنگل میں چلی گئی۔ بہرام کے ابو ریچھ کے اس بچے کو اپنے گھر لے آئے۔ اسے الاؤ کے پاس لٹایا تو آگ کی گرمی پا کر وہ ہوش میں آگیا۔ بہرام کے ابو اسے جنگل میں چھوڑ آنا چاہتے تھے، لیکن بہرام کی ضد سے وہ مجبور ہوگئے۔

ریچھ کا بچہ بہرام اور گاؤں کے لڑکوں کے ساتھ رہنے لگا اور پھر دیکھتے ہی دیکھتے بڑا ہوگیا۔ ایک دن یہ ریچھ جسے سب کالو کہتے تھے، جنگل میں ایسا گیا کہ پھر لوٹ کر آیا۔ بہرام اور گاؤں کے سب بچے بہت آزردہ ہوگئے۔ پھر بہرام کے ابو کا تبادلہ ہوگیا۔ بہرام نے گاؤں کی اس بڑھیا سے جو کالو کے لیے تربوز، خربوزے اور پھل وغیرہ لاتی تھی، کہا کہ اگر کالو کبھی آگئے تو وہ اسے ضرور کچھ کھلائے اور اس کا خیال رکھے۔

نئے تھانیدار بھی اسی گھر میں اترے جس میں بہرام کے ابو رہتے تھے۔ ان کا بس ایک ہی ننھا منا بچہ تھا۔ ایک دن دوپہر کے وقت ایک ریچھ گھر میں گھس آیا۔ تھانیدارنی اسے دیکھ کر ڈر گئیں اور لگیں چیخنے۔ تھانیدار فوراً اٹھ لے کر دوڑے اور انہوں نے ریچھ کی پیٹھ پر خوب ڈنڈے رسید کیے۔ ریچھ وہاں سے بھاگ گیا۔

جاڑوں کے دن تھے۔ تھانیدارنی نے بچے کو دھوپ میں چارپائی پر سلا دیا تھا، اور باورچی خانے میں مصروف تھی۔ باہر کا دروازہ کھلا تھا۔ اتنے میں پھر وہی ریچھ اندر آیا اور اس نے چپکے سے بچے کو گود میں اٹھا کر جنگل کا رخ کیا۔ تھانیدارنی صحن میں آئی تو بچے کو غائب پا کر رونے اور چلانے لگی۔ گاؤں والے جمع ہو گئے۔ زمین پر ریچھ کے پاؤں کے نشان تھے۔ سب کو یقین ہو گیا کہ ریچھ بچے کو اٹھا کر لے گیا۔ لوگ چاروں طرف پھیل گئے۔ اتنے میں کسی نے خبر دی کہ ایک ریچھ بچے کو لیے ٹیلے پر بیٹھا ہے۔ تھانیدار سپاہیوں کو لے کر ٹیلے کے پاس پہنچ گئے اور سب ریچھ کو گولی مارنے کی باتیں کرنے لگے۔ اتنے میں ایک بڑھیا ایک ٹوکری سر پر لیے گاؤں سے آئی اور اس نے سب سے کہا کہ وہ یہاں سے چلے جائیں، وہ بچے کو ریچھ سے حاصل کر لے گی۔ آخر لوگ اس کی بات مان گئے اور ادھر ادھر چھپ گئے۔

بڑھیا نے آگے بڑھ کر ایک چٹان پر دہ ٹوکری رکھ دی۔ ریچھ بچے کو لے کر نیچے آیا۔ اسے زمین پر لٹا لیا اور لگا ٹوکری میں رکھے پھل کھانے۔ پھل کھا کر وہ بڑھیا کے قریب آیا۔ جس نے اسے خوب پیار کیا۔ تھوڑی دیر بعد ریچھ جنگل میں چلا گیا۔ تھانیدار اور گاؤں والے بڑھیا کے پاس آئے اور اس کی گود سے بچے کو اٹھا لیا۔ تھانیدار نے بڑھیا کی عقل مندی کی تعریف کی اور سب نے اُسے جلوس کی شکل میں گاؤں میں لے کر آئے۔ بڑھیا جب تک زندہ رہی کالو گاؤں میں آتا رہا۔

وفادار بندر

نربدا ندی کے کنارے ایک چھوٹے سے گاؤں میں ایک مداری رہتا تھا۔ اس گاؤں کے اطراف دور دور تک جنگل پھیلا ہوا تھا، جس میں بے شمار پگڈنڈیاں بنی تھیں۔ یہ پگڈنڈیاں مختلف دیہاتوں کو جاتی تھیں۔ اس مداری نے ایک بندر پال رکھا تھا۔ یہی بندر اس کی کمائی کا ذریعہ تھا۔ مداری اس کے کرتب دکھا کر پیسے کماتا اور اپنے بچوں کا پیٹ پالتا۔ مداری ہر روز صبح سویرے اٹھتا، رات کی رو کھی سوکھی کھاتا اور بندر کو لے کر کسی پگڈنڈی پر ہو لیتا۔ ہر شام وہ آٹا، دال، سبزی اور تیل لے کر گھر لوٹتا اور اپنے بچوں کے بیوی کے ساتھ ہنسی خوشی دال دلیا کھا کر سو جاتا۔ مداری اپنے بندر سے بہت خوش تھا۔ اس کی بیوی دن بھر جنگل میں گھوم کر بندر کے لیے جنگلی پھل اکٹھے کر لاتی اور شام گھر لوٹنے پر اسے کھانے کو دیتی۔ تھکا ہارا بندر تھوڑی دیر مداری کے بچوں کے ساتھ کھیل کر سو جاتا۔

عید تہوار کے دنوں میں مداری خوب کماتا۔ ان دنوں بندر کو بھی بڑی محنت کرنی پڑتی تھی۔ ان دنوں کی کمائی سے مداری اپنے اور بیوی بچوں کے نئے کپڑے بنواتا اور ضرورت کی دوسری چیزیں بھی خریدتا۔ وہ اس موقع پر بندر کے لیے بھی ایک نیا خوب صورت رنگ برنگی جوڑا بنواتا جسے پہن کر وہ بڑا اتراتا۔ ان دنوں مداری اور اس کی بیوی بندر کی صحت اور آرام کا بڑا خیال رکھتے کیونکہ اس کے کھیل تماشے سے ان کی ضرورتیں پوری ہوتی تھیں۔

ایک روز مداری ایک میلے کی طرف چل پڑا۔ اسے اس دن زیادہ آمدنی کی توقع تھی۔ میلے میں پہنچ کر بندر نے اپنے کرتب دکھائے، لیکن تھوڑی دیر بعد وہ تھک کر لیٹ گیا۔ بات دراصل یہ ہی کہ بندر برسوں سے ناچ رہا تھا اور اب وہ بوڑھا ہو گیا تھا، اس لیے زیادہ دیر کرتب نہیں دکھا سکتا تھا۔ مداری نے بہت چمکارا اور بہلایا پھسلایا، لیکن بندر نے کوئی کرتب نہیں دکھایا۔ اس پر اسے بڑا تاؤ آیا اور اس نے اسے خوب پیٹا۔ اس سے بندر کی حالت اور خراب ہو گئی۔ آخر تھک ہار کر مداری گھر لوٹ آیا۔ وہ بڑے غصے میں تھا۔ گھر لوٹتے ہی اس نے اپنی بیوی سے کہا کہ وہ کل

بندر کو گوندوں کی بستی میں لے جاکر بیچ دے۔ وہ اس کا گوشت خوب مزے لے لے کر کھائیں گے۔ بیوی کے پوچھنے پر اس نے بتایا کہ آج بندر بالکل نہیں ناچا۔ مداری کی بیوی کو یہ سن کر بڑا دکھ ہوا۔ اس نے شوہر کو سمجھانے کی کوشش کی کہ وہ بندر سے ناراض نہ ہو۔ آخر اتنے سال سے وہ ہماری خدمت کر رہا ہے، لیکن مداری نہ مانا اور اس نے گوندوں کے سردار سے جاکر بات کر لی کہ وہ صبح آکر بندر کو لے جائے۔

بندر یہ سن کر سخت پریشان ہوا۔ اسے بڑا دکھ تھا کہ مداری اس کی زندگی بھر کی خدمت کا یہ صلہ دے رہا تھا۔ اب وہ بوڑھا ہوگیا تو اسے آرام دینے کے بجائے لوگوں کا نوالہ بنایا جا رہا ہے۔ یہی سوچتے سوچتے وہ تھک کر ایک کونے پر بیٹھ رہا۔ اس نے کچھ کھایا بھی نہیں۔ مداری بھی جلد سوگیا۔ اس کی بیوی بہت دیر تک اسے سمجھاتی رہی، لیکن وہ اپنی بات پر اڑا رہا۔ یہی بات کرتے کرتے مداری کی بیوی بھی سوگئی۔ وہ آج گھر کا دروازہ بند کرنا بھول گئی۔ بندر کی آنکھ ابھی نہیں لگی تھی۔ وہ کونے میں پڑا اپنی قسمت کو رو رہا تھا۔ جنگل سے درندوں اور دوسرے جانوروں کی آوازیں آرہی تھیں۔ اب چاند نکل آیا تھا اور دودھیا چاندنی میں ہر چیز صاف نظر آرہی تھی۔ اتنے میں بندر نے کچھ آہٹ سنی اور پھر ایک بھیڑیا جھونپڑی کے اندر گھس آیا۔ بھیڑیے کو دیکھ کر وہ چونکا۔ مکار بھیڑیے نے تیزی سے مداری کے دودھ پیتے بچے کو منہ میں اٹھایا اور بھاگ نکلا۔ یہ سب کچھ پلک جھپکنے میں ہوا۔ بندر ایک چیخ مار کر بھیڑیے کے پیچھے بھاگا۔ اُس کی اس چیخ کو سن کر مداری اور اس کی بیوی بھی جاگ گئی۔ وہ دونوں بھی باہر نکلے۔ بندر چیختا ہوا بھیڑیے کے پیچھے سرپٹ بھاگ رہا تھا۔ آخر ایک چھلانگ لگا کر وہ بھیڑیے کی پیٹھ پر چڑھ گیا اور لگا اسے نوچنے۔ مداری، اس کی بیوی اور کتوں کے شور نے بھیڑیے کو پریشان کر دیا۔ اب گاؤں والے بھی دوڑتے آرہے تھے۔ بندر نے بھیڑیے کو نوچ نوچ کر لہولہان کر دیا تھا۔ آخر کار اس نے بچے کو چھوڑ دیا۔ یہ بندر ایک چک کر بچے کے پاس پہنچ گیا اور اس نے اسے اپنی گود میں اٹھالیا۔ بھیڑیا کب کا جنگل میں غائب ہو چکا تھا۔

مداری اس کی بیوی اور گاؤں والے قریب پہنچے تو یہ دیکھ کر حیران رہ گئے کہ بوڑھا بندر بچے کو اٹھائے ان کی طرف آرہا تھا۔ مداری کی بیوی نے جھپٹ کر اپنے بچے کو اٹھالیا۔ اب مداری سے بھی نہ رہا گیا اور اس نے ہانپتے بوڑھے بندر کو اپنی گود میں لے لیا۔ وہ اسے گلے لگا کر رو رہا تھا۔

شریر چوہا

جمیلہ کا گھر ایک خوب صورت باغ کے درمیان تھا۔ اطراف میں رنگ برنگے پھولوں کی کیاریاں لگی تھیں۔ ان کے علاوہ اس میں آم، امرود، کیلے، چیکو اور ناریل وغیرہ کے درخت بھی تھے۔ جمیلہ بڑی اچھی لڑکی تھی۔ صبح سویرے اٹھتی نماز اور قرآن پڑھتی اور پھر باغ کی سیر کو نکل جاتی۔ گھر آکر اپنی امی کا ہاتھ بٹاتی اور پھر اسکول چلی جاتی۔ اس کی استانیاں اس سے بہت خوش رہتی تھیں کیوں کہ وہ ماں باپ کی طرح ان کا کہنا بھی مانتی تھی اور خوب جی لگا کر پڑھتی تھی۔ جمیلہ کے کمرے میں کتابوں اور کھلونوں کی الماریاں خوب بھی ہوتی تھیں۔ فرصت کے اوقات میں وہ کتابیں پڑھتی اور کبھی نت نئے کھلونوں سے بھی کھیلتی۔

اسی باغ کے ایک کونے میں ایک چوہے اور چوہیا کا بھی بل تھا۔ ان کے بہت سے بچے تھے۔ ننھے ننھے، چمک دار آنکھوں اور کمال والے یہ ننھے دن بھر اپنے بل میں کھیلتے رہتے۔ وہ اپنی امی اور ابو کے ساتھ کبھی باہر بھی نکلتے، لیکن اکیلے کبھی باہر نہ جاتے، کیوں کہ امی نے انھیں بتا دیا تھا کہ باہر دن کے وقت بلی اور رات کے وقت الو انھیں چٹ کر سکتا ہے۔

ان بچوں میں سے ایک بہت شریر تھا۔ نظر بچتے ہی وہ بل سے باہر نکل جاتا اور پھر امی کی ڈانٹ سن کر واپس آتا۔ ایک شام موسم بہت سہانا تھا، چوہے کے بچے امی ابو کے ساتھ باغ کی کیاریوں میں خوب کھیلے اور جب اندھیرا پھیلنے لگا تو سب اپنے بل میں لوٹ آئے۔ امی نے سب کو کھانا دیا اور کہانیاں سنانے لگیں۔ شریر ننھا چوہا ابھی اور سیر کرنے کی سوچ رہا تھا۔ آخر موقع پاتے ہی وہ باہر نکل گیا۔ اس وقت رات ہو چکی تھی۔ آسمان پر خوب صورت چاند چمک رہا تھا، ٹھنڈی ٹھنڈی ہوا چل رہی تھی۔ چوہا اچھلتا کودتا چلا جا رہا تھا۔ اتنے میں اسے جمیلہ کے گھر سے گانے کی آواز آئی۔ وہ گانے کی دھن سن کر مست ہو گیا اور اس نے گھر کا رخ کیا۔ جمیلہ اپنے ابو اور امی کے ساتھ بیٹھی ٹی۔ وی پر گانا سن رہی تھی۔ چوہے نے آج تک ایسا خوب صورت گھر نہیں دیکھا تھا۔ اس نے ہر کمرے کا جائزہ لینا شروع کیا۔ گھومتے گھومتے وہ جمیلہ کے کمرے

میں گھس گیا۔ الماریوں میں بھی کتابیں اور کھلونے دیکھ کر وہ حیران ہو گیا۔ اتنے میں اس کی نظر فرش پر پڑے ایک چوہے پر پڑی وہ اچکک کر اس کے پاس پہنچا اور لگا اسے چھیڑنے۔ وہ دراصل چابی کا چوہا تھا۔ اس الٹ پلٹ سے اس کے پیسے گھومنے لگے۔ آواز سن کر چوہا ڈر گیا۔ گھر ر۔ گھر ر کی آواز سن کر جمیلہ کمرے میں آئی تو اس نے فرش پر چوہے کو ایک کونے میں دبکا دیکھا اسے بڑا رحم آیا۔ اس نے فوراً اسے پکڑ لیا۔ چوہا مارے خوف کے بالکل بے سدھ تھا۔ جمیلہ نے اسے ایک پنجرے میں بند کر دیا۔

اب وہ اسے ہر روز مزے مزے کی چیزیں کھانے کو دیتی، مگر وہ کچھ نہ کھاتا۔ اسے اپنا گھر، اپنی ابو اور بہن بھائی یاد آتے اور وہ روتا رہتا۔ دو تین دن میں اس کی حالت خراب ہو گئی۔ جمیلہ پریشان ہو کر اسے جانوروں کے ڈاکٹر کے پاس لے گئی جو اس کے ابو کے دوست تھے۔ انھوں نے اسے دیکھا، بھالا اور بولے، "جمیلہ بیٹیا! یہ جنگلی چوہا ہے پنجرے میں خوش نہیں رہ سکتا، پھر بچہ بھی تو ہے۔ اسے اپنا گھر یاد آتا ہوگا، تم اسے آزاد کر دو۔"

جمیلہ نے بڑے دکھ کے ساتھ چوہے کو باغ میں آزاد کر دیا۔ چوہا سر پر پاؤں رکھ کر بھاگا اور اپنے بل میں جا گھسا۔ اس کی اماں، ابو اور بہن بھائی اس کی یاد میں روتے بیٹھے تھے۔ اسے دیکھ کر سب کھل اٹھے۔ وہ سمجھ رہے تھے بلی یا اُلّو نے اسے چٹ کر لیا ہوگا۔ شریر چوہا اپنی اماں سے خوب لپٹ لپٹ کر رویا اور اس نے وعدہ کیا کہ آئندہ وہ اپنے ماں باپ کا کہا مانے گا۔